CHAOJI DA JINGCAI

超级大竞猜

● （英）芭芭拉·米切尔希尔 著

● （英）托尼·罗斯 绘

● 邱卓 译

语文出版社

·北京·

图书在版编目（CIP）数据

超级大竞猜 /（英）芭芭拉·米切尔希尔著 ；（英）托尼·罗斯绘 ；邱卓译. -- 北京 ：语文出版社，2021.6

ISBN 978-7-5187-1256-4

Ⅰ．①超… Ⅱ．①芭… ②托… ③邱… Ⅲ．①儿童故事－图画故事－英国－现代 Ⅳ．①I561.85

中国版本图书馆CIP数据核字（2021）第079620号

责任编辑　李　朋
装帧设计　刘姗姗
出　　版　语文出版社
地　　址　北京市东城区朝阳门内南小街51号　100010
电子信箱　ywcbsywp@163.com
排　　版　北京光大印艺文化发展有限公司
印刷装订　北京市科星印刷有限责任公司
发　　行　语文出版社　新华书店经销
规　　格　890mm×1240mm
开　　本　1/32
印　　张　2.625
版　　次　2021年6月第1版
印　　次　2021年6月第1次印刷
印　　数　1～3,000
定　　价　25.00元

☎010-65253954（咨询）　010-65251033（购书）　010-65250075（印装质量）

北京市版权局著作权合同登记号：图字 01-2020-5766 号

第 一 章

　　我的名字是达米安·杜鲁斯，侦探男孩，全方位天才。老基特警官，本地警察的头儿，他对我的破案本领十分青睐。

　　举个例子，上周我就破获了一个高难度案件。事情是这样的：一个周六的早上，我正在图书馆里借书，是有关我的英雄夏洛克·福尔摩斯的。

我选了一本叫作《巴克维尔的猎犬》的书，正往外走的时候，看见墙上贴着一张海报。上面写道：

你是否拥有聪明的大脑？

你的年龄在 10~12 岁之间吗？

你想赢取在巴黎迪士尼过周末的机会吗？

参加我们的超级大竞猜

四人一组

入场费：每人 10 英磅

填写下方表格，邮寄回来

有点儿意思，我心想。于是我拿了一张表格，并召集我的侦探学员们开会。小分队成员有陶德和他妹妹拉芙（虽然只有 6 岁，却是个非常聪明的女孩）、哈里（他不太聪明，但比我们其他人个子高），还有温斯顿（他很擅长空手道）。

那天下午，我们都来到了花园尽头的小木屋。

"发生了什么事，达米安？"陶德问道，"你又发现一起案件咯？"

我并没有回答。我站上凳子，好让所有人都能看见我，就像我们校长斯普莱特先生那样——给全校师生开会的时候他总是站在舞台上。

我用最大分贝的声音说道："你们想不想去巴黎迪士尼？"

他们惊讶得张大了嘴巴。然后我就说了超级大竞猜的事。

"小菜一碟!"我说道,"咱们知道这么多东西,肯定能赢,很简单。"

哈里看起来有点儿犹豫。"我知道的东西可不多,"他说,"能不能让拉芙替我去?"

"不行,她才6岁。"我对他说,"不用怕,离竞猜还有两个礼拜呢。咱们可以去图书馆学习。我敢说戴维

— 4 —

斯小姐见到我们一定很开心。"

"上次咱们去的时候她可不太高兴。"哈里说。

"那是因为咱们带上了卷毛儿。"我说道，"她不怎么喜欢狗，特别是当它在图书馆里的时候。"

我注意到陶德在皱眉头。"去学习是个不错的主意，"他说，"但是咱们去哪儿弄入场费呢？每个人10磅，加起来就是40磅。"

陶德的数学很好，所以我猜他说的是对的。

"我过生日的时候得了10磅，"温斯顿说，"咱们可以用。"

"我的小猪存钱罐里有5磅，"拉芙说道，"我的钱抛（包）里还有1磅印（硬）币。"①

事情在往好的方向发展。

"你这边怎么样，哈里？"我问道，"你有没有钱？"

"只有我存着买自行车的钱。这钱我可不能花。"

我不明白为什么不能花。"你的

_____

① 拉芙年纪小，发音不清，将"包"说为"抛"，"硬"说为"印"。本书中，用括号里的字标注正确读音。

意思是，你不想和我们一起去巴黎迪士尼？"

他做出一个很滑稽的表情，叹了口气，说："我想去，但是……"

"那你存了多少钱？"

"12磅。"

"我们还需要……呃……"我说道。

"14磅。"自作聪明的陶德插嘴道。显然想让大家都知道，他无时无刻不是个数学天才。

在此之后，我们便坐在小木屋里，苦思冥想如何弄到14磅。

还是拉芙最先打破了僵局："咱们可以去工辍（作）。"

"什么样的工作？"我问道。

"启（洗）车，打拟（理）花园，遛狗。"

有时候拉芙就是会想出绝妙的点子。

"好主意。"我说道，"咱们很快就能赚到 14 磅。开干吧！"

— 8 —

第 二 章

　　小分队成员都回家了。我走出花园，进了厨房。厨房里充满着烘焙的香味。妈妈有她自己的生意——私房烹饪无限公司。她做得真的很好，特别是巧克力蛋糕，简直棒极了。

　　那天下午，桌子上放着几个刚从烤箱里拿出来的纸杯蛋糕，上面还没来得及装饰。要是我把这些蛋糕装饰一番，妈妈肯定会很高兴，没准儿还会给我些报酬。这活儿我以前从来没干过，但看她做过许多次。从裱花袋里把黄油挤出来能有多难？轻而易举！

首先，我找出黄油和糖霜。但是刚从冰箱里拿出来的黄油硬得跟石头一样，当我把两样东西搅和在一起时，糖霜像白烟似的直往外扑。我被呛到了，咳嗽了几声。于是我吃了一个纸杯蛋糕，顺顺嗓子——虽然我更喜欢吃巧克力蛋糕。

随后，我想出了一个极好的主意：如果我把可可粉混到黄油糖霜里，就能做出巧克力味的蛋糕了。我抓过一把椅子，站上去能够到碗橱的最顶层——妈妈把成罐的可可粉都放在了那里。但是椅子不是很稳，晃晃悠悠的。罐子从我的手里飞了出去，可可粉洒得到处都是。有些洒到了我身上，大部分都洒在了厨房地板上。

不怕！我用勺子把它们舀起，混到黄油糖霜里。里面有一些黑色的小结块，我不得不从里面拣出一只死苍蝇——但我觉得不会有人注意到。不

管怎样，混合物变成了棕色——这
是件好事儿。我把这坨东西舀进裱花
袋，把它挤在纸杯蛋糕上——这并不
容易，因为里面有些小的结块。应该
是黄油吧，我心想。

这些黄油糖霜不够装饰所有的蛋

糕，还有3块蛋糕上面什么都没有，所以我觉得最好还是把它们吃掉。

我迫不及待地想让妈妈看看我的精巧布置。但当她走进来的时候，我并没得到想要的结果。

"你到底在这儿搞什么呢，达米安？"她指着地板上的可可粉问道（尽管我把大部分都收拾了），"这一团乱是怎么回事？"

　　我假装没听见，转而指向纸杯蛋糕。我想她会很开心的——但她并没有。

　　她看着蛋糕，眼睛鼓得像两个弹球。"你把我的纸杯蛋糕给糟蹋了！"她大吼着，"这些都是为今天下午一个小女孩的生日派对准备的。"妈妈俯下身，好看得更加清楚。"你往上

面都放了些什么？"

"巧克力黄油糖霜。"我说道。——尽管我觉得这件事是个厨子都能看出来。

她的两颊变得通红。"人家想要的是粉色，达米安！不是棕色！"

然后她发现一个纸杯蛋糕上有一只小蜘蛛（死的），这让她抓了狂！她心情如此之差，再想让她给我付报酬显然是天方夜谭。我采取了我的一贯做法：出了家门，拐了个弯去找哈里。

第 三 章

在去哈里家的路上，我碰见了陶德。他牵着的狗链上拴着两条狗——百花（波普韦尔太太的狗）和卷毛儿（陶德自己的狗）。

"波普韦尔太太给我 1 磅，让我带百花去公园里转转。"他说道，"爸爸说让我顺便把卷毛儿也带上。"

"2 磅了，嗯？不错嘛。"

"不！不是 2 磅。爸爸说卷毛儿是我自己的狗，带它出去遛不该给钱。"

真可惜！但是还好，1 磅也总比没有强吧，我心想。

随后，陶德用一种很滑稽的眼神看了看我，说："你毛衣上怎么沾着些棕色的玩意儿？"

"厨房里出了点小状况，"我说道，"妈妈又开始小题大做了，所以我准备去找哈里。"

"他不在家，达米安。他在给波普韦尔太太干活儿呢。"

这是个好消息。波普韦尔太太一直因为我把百花从偷狗贼那里救出来的事而感激我，她时常给我们一些饮料和饼干。

"那我也过去。"我说道。这时百花和卷毛儿发现了一只猫，它俩拽着陶德一路冲了过去。

我在波普韦尔太太家找到了哈里，他正在擦客厅的窗户。

"继续好好干，哈里！"我说道，"我进去和波普韦尔太太打个招呼。"

　　我很快便坐到了一张舒服的沙发上，手拿波普韦尔太太自制的樱桃蛋糕和柠檬水。我朝哈里摆了摆手，他正在往玻璃上泼水，整个人湿漉漉的。

　　"我真高兴你们这些小男孩这么努力地去赚钱。"波普韦尔太太说道，"温斯顿正在外面花园里除草呢。"

　　温斯顿也在出他的一份力，真不错。好样的，老温！

波普韦尔太太给了我一个祖母般的微笑。"你呢，达米安？你想做点什么？"

我给她讲了我是如何想帮妈妈，但因为妈妈心情不太好所以失败了的经历。

"我想她是累了。"她说，"别在意，亲爱的。你可以帮帮温斯顿，那儿有好多杂草要拔呢。"

打理花园可不是我擅长的，我不喜欢挖东西什么的，但我还是去了。温斯顿试图跟我说清楚哪些是杂草，哪些是植物，但我还是看不出它们有什么区别。

我在那儿待了没多长时间，哈里就跑了过来。"我擦完窗户了。每擦

1扇，波普韦尔太太给我1磅。"他说，"现在我擦完5扇了。"

"真不错啊，哈里！"我说道，"但是这里的窗户可不止5扇啊。"

他摇了摇头，说："波普韦尔太太说，擦卧室的窗户太危险了。"

"但是我觉得你要是干了的话，她会很高兴的。"我回应道，"小木屋后有架梯子，咱们为什么不去拿过来呢？"

哈里很快也意识到了这么干的价值。"行吧，"他说道，"我上。"

我提出由我来扶着梯子。这也是我唯一能做的了。

哈里爬上了梯子，我等在下面。

正当他伸手去擦最后一扇窗户时，梯子滑向了一边。

"啊啊啊……"哈里尖叫着。

"小心！"他掉下来的时候我大喊着，"小心玫瑰丛，哈里。"它们可是波普韦尔太太的骄傲。

太迟了。哈里正好掉在了花丛中间。他躺在那儿，哀号着，喊叫着。这并不奇怪，玫瑰上有许多刺。

"待在那儿。"我说着，跑去找波普韦尔太太。

波普韦尔太太见到哈里的情形，大喊着："噢，天啊！我得马上叫救护车。"

两个男人把哈里挪到担架上，抬进了救护车。温斯顿和我跳进了波普韦尔太太的车。波普韦尔太太紧跟那辆闪着蓝色灯光、嗡嗡鸣叫的救护车。这真的非常非常刺激——就像电视里演的警匪片。我们以最快速度行驶在路上，所有的车都停下来给我们让路。

"开得真好，波普韦尔太太。"我在后座上叫道，"您真该去参加汽车大奖赛。"

到了医院，我们就待在走廊里等着他们给哈里的腿打石膏。等他们让哈里出来，我和温斯顿第一时间跑上前去在石膏绷带上签名。最重要的是，

哈里还得到了一副拐杖。

　　波普韦尔太太依然很不安。"都是我的错，"她边说边擦着脸颊上的泪水，"我真不该让你擦窗户的，哈里。"

为了对此做些弥补，她十分慷慨地把所有工作的酬劳都给了我们。

　　"谢啦，波普韦尔太太。"我说道。这下我们就能参加大竞猜啦！

第 四 章

第二天，我们在小木屋集合。陶德很不高兴，因为他错过了去医院的一系列新鲜事。但哈里让他在石膏绷带上签了名，他也就没事了。拉芙在上面画了一只猫，画得真不错。

我们决定由拉芙来填写超级大竞猜的报名表，因为她的字写得最好。我们把钱放进一个信封里，拉芙在上面写下了地址。

"现在咱们得开始认真学习了，"我说道，"离超级大竞猜就剩一个礼拜了。"

让哈里拄着拐走到图书馆实在太远了，所以温斯顿拿来了他去年组装的儿童车。我们几个轮流推车。等我们到了图书馆，戴维斯小姐——这里的图书管理员，对哈里的伤势感到很震惊。

"他是怎么弄成这样的，达米安？"她问道。

"他当时在做一些慈善工作。"我说道。——我承认这里面有撒谎的成分，但戴维斯小姐还是被打动了。

"我们是来这儿学习的。"我对她说道。她更是被深深地打动了。

她把我们带到一张被塞到偏僻角落的桌子旁。"这儿没人会打扰你们。我可不想有人再把这个可怜的男孩给撞了。"她微笑着拍了拍哈里的肩膀。她甚至还允许他把儿童车放到桌子下面。

这张桌子是全图书馆最棒的，因为没有人能看到我们。这就意味着，我们可以吃三明治和薯条——这可是提升脑力的最佳方法。

之后的一个礼拜，我们每个下午都去学习。我们都有各自擅长的科目。温斯顿懂恐龙，哈里则是足球，陶德是地理、历史、数学和科学。我则研习夏洛克·福尔摩斯的书。拉芙就坐在角落读她最爱的那些故事书。戴维斯小姐对我们颇有微词，因为地板上总是有食物的残渣，我们还不爱把书放回原处。但她从来不跟我们生气。我想是因为哈里的伤让一切变得不同了。

　　星期六早上，超级大竞猜将在市政大厅举行。我们一行人在小木屋集合。像那些足球经理会在比赛之前所做的那样，我也学着给团队的人讲了一番话。

　　"我们一定会在这次竞猜中取胜。"我说道，"只要积极动脑，认真思考，咱们很快就可以准备去巴黎迪士尼了。"

　　"你尊（真）棒，达米安。"拉芙说，"我为（会）在观粽（众）席上给你们加油。"她居然带了一面可以挥舞的旗子。真棒，小拉芙。

　　我们出发的正是时候。哈里说他现在能拄着拐走路了——这意味着我们不用再带上儿童车了。

等到了市中心，我们惊奇地发现一群穿着蓝色制服的管弦乐手正在走队列，他们行进至市政大厅内。

走在最前面的是戴金链子的市长。一大群人跟在他后面，我看到了迪克茜·斯丹顿和安娜贝拉·哈灵顿[1]。所以她们也是来参加大竞猜的，对吧？好吧，她们根本没机会在比赛里赢过我们。

"这里到处都是拿着照相机的记者，"我对其他人说道，"这个竞赛一定比我认为的还要隆重。咱们最好

---

[1] 我们学校的两个女生：迪克茜·斯丹顿是个非常烦人的人；安娜贝拉留着金头发，还有一双蓝眼睛，她还不错。

赶紧站到队伍后面。”

　　整个队伍走进了市政大厅。大厅
内部十分宏伟，宽阔的台阶引向一间
木质装潢的礼堂。

　　“快看！”我们往里面走的时候，
陶德说道，“你妈妈在那边呢。”

的确如此，妈妈站在一排铺着白色桌布的桌子后面。桌上摆着成盘的三明治、香肠卷，还有各种蛋糕。

她正用一个大茶壶往瓷杯子里倒茶。

"你知道你妈妈也在这儿吗，达米安？"温斯顿问道。

"她可能提起过，"我说道，"但是我一直在忙着学习，不是吗？"

　　我可不想让妈妈看见我。幸运的是，周围有很多人在取食物，所以她没注意到我。谢天谢地。自从纸杯蛋糕事件之后，她心情一直不太好。

　　"他们能在比赛前给我们吃的，真开心。"温斯顿边说边嚼着他的第三个香肠卷。

　　"能吃多少就吃多少，"我说道，"这些都是补充脑力的好东西。"

　　所有人都吃好以后，市长走上了演讲台。

　　"太好了！"我说道，"竞猜要开始了。"

　　市长拿起了麦克风。然而，他并没有宣布竞猜开始，而是喋喋不休地谈起卷心菜和胡萝卜的无聊话题。什么时候能到竞猜的环节？照这个速度，我们永远都别想去巴黎迪士尼了，我心想。我保持着耐心，等啊等，但他一次都没提到竞猜。他居然还给一个人颁了个奖，表彰他种植了西红柿。

这时候已经两点了，他还在巴拉

巴拉地说个没完。我必须得采取行动了！我找到一把椅子站了上去，好让自己从人群中露出头来。

"打扰一下，市长先生。"我高喊道，"这个讲话还有多长时间？我们还等着参加竞猜呢！"

人群中一阵倒抽凉气的声音，所有人都转过来看向我。我听到妈妈大叫一声："达米安？你在这儿干什么？"随后，我还没反应过来是怎么回事，三个穿黑色制服的大块头就抓住了我，架着我下了楼梯，扔出了市政大厅。

　　"这不公平!"我喊道,"我们是来参加超级大竞猜的。"

　　他们其中的一个人对我喊道:"这儿根本没有什么竞猜,孩子。你搞错了。我们这儿是私家菜园开垦者年度大赏。"

第 五 章

　　我坐在市政大厅的台阶上，揉了揉身上摔疼的地方。其他人从楼里出来找我。

　　"那群人真粗暴，"我抱怨道，"没必要把我扔出来吧。"

　　"没允儿似（准儿是）我们把大奖寨（赛）的时间记辍（错）了，达米安。"拉芙说道。

"不是。"我说道，"我想明白了。根本就没有什么竞猜，我们也去不了巴黎迪士尼。这根本就是一场骗局①。"

哈里感到难以置信。"骗局？你怎么知道呢？"

"咱们被骗了。有人从咱们手里骗了一大笔钱。"我感觉非常不好。我！达米安·杜鲁斯，侦探男孩，超级天才！我居然被骗了。

但我不可能让那个骗子就这么逃脱。"咱们最好回图书馆。我要问戴维斯小姐几个关键问题。"

我们横穿整个城市，走回图书馆。

―――――――――

① 骗局就是从别人口袋里骗钱的圈套。

图书馆里，一长队人排在问询桌前，等着把书借走。

"不好意思！"我边喊边挤到最前面，"这儿有个紧急情况。"

戴维斯小姐抬头一看，说："怎么了，达米安？我忙得很。"

我向前探了探身子。"我们在图书馆里看到了一个竞猜的海报，但那是假的。一个大骗局！我们损失了40磅！"

戴维斯小姐惊讶地把双手贴在脸颊上。"啊，我的天啊！"她说道，"恐怕是有人没经过允许贴上去的。我上个礼拜就把它摘下来了。很抱歉，你们的钱被骗了。我觉得你们应该报警。"

但我并不打算告诉警察。我最好还是靠自己的本领破案。

"我们接下来该怎么办？"哈里问道。

"咱们去看看这个罪犯住在哪儿，"我回答道，"但是这应该有些难度。"

"我滋（知）道他促（住）在哪儿。"拉芙说道。

我望着她。"你怎么知道的？"

"我在信分（封）上写过，"她说道，"我还记卓（着）呢。"

拉芙总是会给我惊喜。

当她长大一些，她会成为一个一流的侦探。

我给了她一支笔，她便在我的笔记本上写下：史密斯先生，布洛克斯雷区克莱登路 154 号。

　　"布洛克斯雷区离这儿只有 8 公里，"我说道，"走，咱们去坐公交。"

　　幸运的是，哈里的叔叔给了他一些钱，因为他摔断腿的时候表现得很勇敢。这足够付我们的车费了。

　　"咱们得在包里放一些伪装的道具，"出发前我说道，"说不准咱们会用得上。"

　　于是我们出发了。

第 六 章

在公交车上，我开始解释我的计划："我要去他家，和这位史密斯先生谈谈——但我不觉得这是他的真名。"

"如果他是个危险分子呢？"陶德问道。

"根据我的经验，"我说道，"如果犯罪分子感觉自己被识破了，会非常紧张。不用担心，咱们人多。"

公交车在 154 号前把我们放了下来，但这里根本不是一栋住宅，而是一间报刊商店。

"我猜史密斯先生是用骗来的钱买下这个地方的，"我说道，"但是他跑不了。我还有 B 计划。"

"B 计划是什么？"哈里问道。

"我进商店去找些线索。"

"那样会不会很可疑？"

"要是我买点儿糖果的话就不会了。"我解释道，"还有剩的钱吧，哈里？"

我走进报刊商店，一个身穿红色镶金印度纱丽裙的妇女站在收银台后面。她看上去可不像个坏人。坏人也许是她丈夫，此时正躲在屋子后面。

我环顾四周搜寻线索，发现收银台后面有 6 个小格子，每个上面都写着一个名字——贝多斯太太、欧莫力先生之类的。作为一名侦探，我知道当人们想要对一些事情保密的时候，他们会把信送到这样的地方。

5 个格子都是空的，但第 6 个里面装着信，格子上面写着"史密斯先生"！有意思了，我心想。

我佯装无事，拿起一袋糖果。随即凑到收银台前，露出了一个自认为最灿烂的笑容。

"我注意到您替别人接收信件。"

我说着，往嘴里丢了一块糖。

"是的，"那位女士说道，"他们每天早上都会过来取信。"

"但是史密斯先生没来。"我说着，指向最后一个小格子。

那位女士看了一下表，微笑着说："我们还有一个小时就关门了，

但我确定在那之前他肯定会来。他可有一大堆信呢！"

我还没来得及问更多的问题，两个女人推着一辆婴儿折叠车走进了商店。于是我走出去，和侦探小队成员分享了我获得的信息，当然还有那袋糖果。

"那个骗子不用多久就会现身了。"我边说边嚼着一块薄荷糖，"咱们在附近转转，等着就行。"

"但是我们也不知道他长什么样啊。"陶德说道。

我叹了口气。"我早就说过该怎么找犯罪分子了。任何眼间距过近，还留胡子的人——特别是黑胡子的——肯定不会干什么好事。你得好好记住啊！"

我给侦探小队成员下了更详细的指令。陶德和温斯顿站在商店的一侧，哈里、拉芙和我站在另一侧。我们糖还没吃完的时候，拉芙突然尖叫道："有银（人）从街上走过来了。他有黑胡紫（子）！"

我们都转过身去看。

"干得漂亮，拉芙。"我说道，"全队人马，准备行动！"

不巧的是，那个人从我们的正前方走过，经过了商店，向街那头走去。

　　"这不是史密斯先生吧，对不对，达米安？"

　　我摇了摇头。"不是。胡子不够长。"

　　"但似（是）你梭（说）找黑胡子的银（人）。"拉芙说着，眼泪从面颊上滚下来。

　　"胡子短的人不算，"我解释道，

"但是干得很好，拉芙。"

在此之后，我觉得还是自己去找那个骗子比较好。很快我就发现了一个留着黑色大胡子、眼间距很近的男人。

"就是他了。"我低声说道，"看好了，学着点。"

我觉得他在往商店走的时候，并没注意到我。我给哈里一个手势，让他把他的拐杖往外伸。那个男人根本没看见，当然咯，他向前摔了个狗吃屎。

"搞什么鬼！"他大叫着，脸朝下摔在地上。

"不许动！"我喊声刚落，陶德

便坐到了他身上。温斯顿在近旁站定，准备在必要时来一记空手道。

"把警察找来，"我对那个店员大喊，"这人是个罪犯。他策划了超级大竞猜，他骗了我们的钱。"

但是那个店员根本没有拿起电话。"你这个蠢孩子！"她吼叫道，"他根本没策划什么竞猜。这是欧莱瑞先生，人家是来拿报纸的。"

　　那个男人发出一连串烦人的声音。"啊啊啊啊！呜呜呜呜！嗷嗷嗷嗷！"他叫喊着，"你伤到我后背了！我会让你受到法律的惩罚。"

　　我想帮他站起来，我甚至还让他吃块糖，但他拒绝了。

　　那个店员手指指向门口，大喊着："从这儿滚出去！"她一直跟着我们走到人行道上，挥舞着拳头，确保我们已经走远。

"咱们现在该怎么办，达米安？"温斯顿问道。

"执行 C 计划。"

"C 计划是什么？"

"咱们回去，等那个真正的罪犯过来。"

"这可不是什么 C 计划！"陶德说道，"这和 B 计划一模一样。不管怎样，我们可不敢再到商店那边去了。"

"C 计划不一样。"我对他说，"咱们做下伪装，这样就没人能认出咱们了。你可以弹你的吉他，陶德。哈里，带上你的口琴。咱们来一次'街头卖艺'。"

第 七 章

　　我的伪装是一顶帽子、一件黑色大衣和一副墨镜。陶德穿上了他的墨西哥服饰，拉芙打扮成白雪公主。没人能认出我们了——特别是哈里，他还拿来了一个假的胡子。

　　我的计划很简单：我们原路返回，在快剪理发店门口卖艺。它就在报刊商店正对面，因此我们可以一直监视那个骗子的行踪。他肯定会在商店关门之前过来。

陶德从背包里把吉他拿了出来，摇着头说："我弹不了了，达米安。有几根弦断了。"

"不用担心，"我说道，"就弹没断的弦。没人会注意的。"

我们在理发店门口站定，陶德和哈里就开始演奏起来。温斯顿和我尽可能大声地唱，来盖住陶德的吉他发出的奇怪音色。我觉得我们唱得还不错。

"我干吗呢，达米安？"拉芙问道，"我也一起唱吗？"

我觉得让一个女孩加入男生乐队不太合适，所以让她在路边做了一会儿单脚跳。

　　那些正在剪头发的女士似乎很喜欢我们的音乐。她们望向窗外，对我们挥着手。但是没过多久，理发师便怒气冲冲地从店里走出来，挥舞着剪刀叫喊着。

　　"马上停止这些讨厌的噪音！你们打扰了我的顾客。如果你们再不消停，我就告诉警察。"说罢，她转身走回了店里。

我很吃惊。她似乎一点儿都不喜欢我们的音乐。我让小分队成员往路边挪了几米。"继续弹，"我说，"听起来很不错！再多练习几次，咱们能拿音乐排行榜第一名。"

我唱得如此起劲儿，甚至未来都想进军流行音乐领域了。但是这个时

候拉芙过来拽了拽我的袖子。

"达米安！达米安！"她高喊着，声音如此之大，我只能先不唱了。

"怎么了？"

"我看见斯密视（史密斯）先生了。快！他肘（走）到报刊商店里啦。"

拉芙之前就看走眼过，所以我不确定要不要相信她。"他留着大胡子吗？"

"不似（是），他根吻（本）没有头袜（发）。他似（是）个秃子……"

"那他就不是史密斯先生，他能是吗？"我说着，给了其他成员一个手势，叫他们先不要弹了。

但是拉芙十分确信。"听好，达

米安，"她说着，往我手里塞了一些传单，"这些都似（是）从他的口袋里掉粗（出）来的。"

我拿起传单看了一下，十分吃惊地看到，它们是超级大竞猜的海报。

"干得漂亮，拉芙。他就是那个史密斯先生！"我说道，转向其他人，"我要进报刊商店去。"

"不行！太维（危）险啦！"拉芙说道。

我耸了耸肩。"侦探的生活就是充满危险。你们几个留在这里，随时待命。"

我穿着伪装溜进了商店，躲在一个摆着生日贺卡的高架子后面。史密斯先生正在和那个店员说话。

"我是来拿我的信的，麻烦您了，马利克太太。"他说道，"但是从今天起我就不需要您的服务了。我要出城了。"

这让我非常震惊。我现在就得做些什么了。要是再不动手，他就要跑了，就要逃脱法律的制裁了。

　　我俯下身，从我的藏身之处往外爬。我悄无声息地穿过商店的货架，爬到骗子身后。我稍稍往前，把他的鞋带系在了一起，然后我从上衣口袋里拿出口哨，猛吹起来——这是让侦探小队成员往这边来的信号。

　　那个骗子听到哨声转过身来，但是因为鞋带被绑在一起，他无法动弹。

众人向他冲了过去。他跌倒在地。当确保他站不起来之后，我拨打了报警电话。

"你们这群小流氓！"史密斯大叫着，"你们在搞什么鬼？"

"你被逮捕了！"我说着，向他晃着那些海报，"这个超级大竞猜就是个骗局。"

然后他便知道一切都完了，躺在地上瑟瑟发抖。

刚过了几秒钟，我便吃惊地看到警察闯进了商店，领头的是老基特警官。

"速度够快的，"我说道，"我们才刚刚抓到他。"

警官看起来不怎么高兴。我猜他是更想自己亲手抓到罪犯。

"哦，是你，达米安。"他说道，"快剪的理发师打电话说有一群小孩在附近捣乱。我就该知道有你的份儿。"

我必须说，这话很伤人。但当我告诉他，我追踪到一个诈骗钱财的恶棍后——好吧，他道了歉。

连那个店员都向我们道了歉，还给了我们每人一包糖果、一些巧克力。这一天的忙碌还算值得。

第 八 章

通过阅读夏洛克·福尔摩斯的书，我学到了不少东西。我又破了一个案子，把一个卑鄙的罪犯送进了监狱。这次就连妈妈都对我很满意，她把纸杯蛋糕的事情都忘到脑后了。

原来这个超级大竞猜的诡计骗了很多和我一样的孩子。最终所有人都拿回了他们的钱，那个骗子则被抓进了监狱。大功告成！

斯普莱特先生，我们的校长，和全校同学说了这件事。

"达米安和他的朋友们做得非常好，抓到了骗子。"他说道，"但是他们错过了参加竞猜的机会，所以我觉得我们应该在学校里搞一次这样的比赛。"

　　这太棒了！但他没提去巴黎迪士尼的事，这让我有点失望。

　　校长环顾礼堂的四周。"那么现在，谁想组队来和达米安他们比试比试？"

　　迪克茜·斯丹顿马上跳了出来（真够烦的！）。"可以来一场男女生对抗，校长先生。我来组女生队。我有些朋友特别聪明。"

这听起来不怎么样。我可不想和迪克茜·斯丹顿扯上任何关系。唯一让我欣慰的是，她和安娜贝拉·哈灵顿·史密斯是朋友。她还差不多。

一个礼拜后，竞赛在学校礼堂举行。市长戴着他的金链子出席，我们的家人都被邀请过来。波普韦尔太太是和老基特警官一起来的。她是老基特的姑姑，她确信老基特很欣赏我（但他并非总是如此）。

每轮竞赛都有一个主题。我们赢了关于足球和恐龙的那两场。女孩们赢了历史（对陶德来说再学那一门就太多了）和野生动物学，因为我们对鸟类什么的不怎么了解。到目前为止，

我们的比分是二比二平。

"最后一轮，"斯普莱特先生宣布，"是有关读书的。"

哈里和温斯顿看上去不太高兴，只有陶德信心满满。女孩们在窃笑，她们觉得自己希望很大。

斯普莱特先生说道："我要你们写出如下作品的作者：第一本《哈利·波特与魔法石》，第二本《战马》，第三本《彼得兔的故事》，第四本《雾都孤儿》。"①

里面有两个陶德不能确定。现在全看女生们答的怎么样了。我觉得安娜贝拉可能很聪明。

我们把答卷交上去，斯普莱特先生核对答案。"好好好。现在每支队伍都只答对了两个，所以我还得加试一题，决出这次竞赛的获胜者。"

我们都咬着铅笔，等待他发话。

"夏洛克·福尔摩斯系列作品的作者是谁？"

女孩们一脸迷茫地摇了摇头。迪克茜·斯丹顿看上去格外愁眉苦脸。

---

① 正确答案：1.J.K.罗琳；2.迈克尔·莫波格；3.毕翠克丝·波特；4.查尔斯·狄更斯。

我跳了起来，在空中挥动着手臂。"我知道！我知道！"

不得不说，斯普莱特先生似乎非常意外。"很好很好，达米安。如果你觉得你知道，最好告诉我们大家。"

"我看过所有福尔摩斯的书，先生。这就是我抓住罪犯的速度比警察还快的原因。"

我注意到老基特警官皱了皱眉头，咬紧了嘴唇。但是波普韦尔太太微笑着点了点头，以示赞许。

　　"所以作者是谁呢？"

　　我看向观众席。"是阿瑟·柯南·道尔爵士。"我用一种得意扬扬的语气说出了答案。全场欢呼着。我们赢了！

　　虽然没有迪士尼之旅，但我们每个人得到了一盒巧克力。之后我们还用柠檬水、三明治和纸杯蛋糕庆祝了一番。

　　"你真是太棒了，达米安。"波普韦尔太太说道。她用胳膊戳了戳老基特警官："他是不是很聪明，布莱恩？"

　　"是吧……呃……干得好，达米

安。”老基特警官说道。

　　“谢啦！”我说，“这是个与脑力有关的问题。任何时候你想找我帮忙，说一声就行。”